LE MYSTÈRE DE LA FALAISE ROUGE

Le Mystère de la falaise rouge

Une aventure d'Axel et Violette

Texte et illustrations :
Marc Thil

1. La tempête

Violette appuie vigoureusement sur les rames et notre petit bateau gonflable file à vive allure sur la mer. Je viens de lui laisser la place, après avoir ramé moi-même durant un bon moment. Les vagues sont un peu grosses et nous secouent en tous sens, mais le bateau, assez grand pour deux personnes, se comporte bien.

J'observe de gros nuages noirs, mais ils me semblent encore loin. Sur ma gauche, se dresse l'immense falaise rouge, comme on l'appelle ici, à cause de sa couleur rouge sombre. C'est une longue barrière rocheuse qui plonge dans la mer. Les vagues se jettent avec fracas à sa base en projetant des gerbes d'écume blanche.

C'est pour voir cette falaise, du côté de la mer,

que nous sommes venus, Violette et moi, avec notre petit bateau, et cela fait déjà une demi-heure que nous ramons... une demi-heure que nous avons quitté la plage ! Il faudra donc refaire tout le trajet en sens inverse pour revenir...

Et c'est en pensant à cela que je quitte l'observation de la falaise pour regarder de nouveau du côté de l'horizon. Je tressaille en m'apercevant que les nuages noirs, qui étaient si loin il y a un instant, se sont encore rapprochés. Poussés par le vent, ils avancent à grande vitesse vers la côte et seront bientôt sur nous.

Déjà, les vagues se font plus grosses et nous secouent un peu plus, puis brusquement, le vent se met à souffler plus fort. Violette peine de plus en plus à faire avancer notre embarcation. Je m'écrie, inquiet :

— Il faut rentrer ! Regarde l'orage qui arrive sur nous !

Violette, effrayée, se tourne vers l'horizon et me répond :

— Tu as raison, Axel. On revient !

Elle fait alors pivoter le bateau afin de retourner à notre plage de départ. Mais ayant de plus en plus de difficultés à ramer à cause des hautes vagues, elle se fatigue et me propose :

— Prends ma place, Axel !

Je m'installe et je rame énergiquement, mais de grandes masses d'eau m'environnent de toutes parts, comme si elles voulaient m'empêcher d'avancer ! Je lutte, mais je me rends bientôt compte que je n'arrive plus vraiment à contrôler notre petit bateau.

Et d'un seul coup, un vent terrible se déchaîne. C'est la tempête !

D'énormes vagues couronnées d'écume se lancent à l'assaut de notre embarcation et, malgré tous mes efforts, nous poussent vers la paroi rocheuse ! De l'eau rentre dans notre bateau. Violette me regarde d'un air affolé.

— Axel ! Qu'est-ce qu'on fait ?

J'observe un court instant les vagues déchaînées qui nous emportent sans que je puisse lutter contre elle, et je lui réponds :

— Je n'arrive pas à tenir le bateau contre le vent. Il nous entraîne vers la falaise !

— Mais alors...

— Alors, on ne va pas ramer contre le vent, mais se laisser pousser vers la petite plage de galets qu'on voit là-bas, entre les récifs. Moi, je vais simplement guider le bateau pour qu'on y arrive...

Et dans la brume qui commence à tout envahir, je me laisse pousser vers la côte, utilisant mes rames pour me diriger vers la toute petite plage que j'aperçois là-bas, coincée au milieu d'énormes rochers. Mais c'est difficile ! À tout moment, nous sommes ballottés à droite ou à gauche et j'ai beaucoup de mal à tenir ma direction.

Enfin, poussés à grande vitesse par le vent, nous arrivons tout près de la côte. Je distingue mieux la plage de galets : elle est minuscule. Partout autour, juste au pied de la falaise, c'est un amoncellement de rocs battus par les flots.

Nous y sommes presque !

Mais soudain, un brusque coup de vent entraîne notre bateau du côté des écueils. Rien à faire ! Je n'arrive plus à lutter contre la poussée des vagues !

À quelques mètres de la plage, notre bateau se jette sur les rochers !

Violette s'accroche à moi. Le choc est rude. Tout le bord gauche de notre embarcation se déchire brutalement. L'air s'échappe et notre bateau subitement dégonflé est happé par les vagues.

En un instant, nous nous retrouvons dans la mer ! Heureusement, nos gilets de sauvetage nous maintiennent la tête hors de l'eau.

Je saisis le bras de Violette qui se débat à côté

de moi et l'entraîne vers la falaise en lui disant :

— Agrippe-toi aux roches !

Et tous les deux, nous nous cramponnons aux aspérités de la pierre afin d'éviter d'être rejetés dans les vagues.

À cause du fracas assourdissant de l'eau qui se brise sur les récifs, je suis obligé de crier :

— Violette ! On avance vers la plage en se tenant aux rochers !

La petite plage n'est pas loin, mais l'eau est profonde, car je n'ai pas pied. Lentement, nous progressons, nous agrippant comme nous pouvons aux roches glissantes. Je suis presque arrivé quand j'entends derrière moi :

— Axel !... Axel !

Violette a lâché prise et vient de glisser dans l'eau, happée par les vagues qui l'éloignent du bord.

Je me précipite vers elle, lui saisis la main et l'aide comme je peux afin de l'entraîner vers la plage.

Trempés, exténués, nous arrivons enfin au but et nous nous couchons sur les galets. Nous restons étendus ainsi, je ne sais combien de temps, sans parler... Il ne fait pas froid et le vent qui souffle toujours fort a presque séché mes vêtements.

Je sens pourtant quelque chose de frais. Je me lève à demi : l'eau arrive à mes pieds. C'est la marée qui monte, il faut quitter cet endroit !

J'aide Violette à se relever et nous faisons le point. La marée montante aura bientôt envahi notre petite plage et, d'ici une heure ou deux, la nuit va tomber. La voix de Violette tremble un peu quand elle me dit :

— Axel, qu'allons-nous devenir ?

2. Le bateau mystérieux

Que faire ? Revenir à la côte en longeant le bas de la falaise et en avançant sur les blocs de roche ? Non, c'est impossible, car l'eau qui monte va bientôt tout recouvrir et nous ne pourrions plus suivre la paroi.

Je regarde notre petite plage qui est maintenant presque envahie par la marée montante. Dans quelques minutes, elle sera complètement recouverte. Violette me serre le bras, un peu affolée, et m'interroge :

— Mais si on ne peut plus longer le bas des falaises pour revenir, qu'est-ce qu'on fait ?

Je la rassure comme je peux :

— Demain matin, lorsque la mer sera basse, nous pourrons côtoyer le bas des murailles. On rentrera comme ça.

L'eau monte encore et nous oblige à rejoindre le bas de la paroi. Les rocs qui nous environnaient quelques instants auparavant viennent d'être submergés par les flots ! La mer gronde derrière nous et continue à s'élever, comme si elle voulait nous engloutir. Que faire ? Nous ne pouvons quand même pas escalader cette muraille de pierre vertigineuse ! Et pourtant, cette paroi est notre seul moyen de fuir cette mer qui monte sans cesse.

J'observe un bref instant la falaise. Il y a peut-être une possibilité ! Très excité, je me tourne vers Violette :

— Tu vois, sur la falaise, les marques que laisse la mer quand elle est haute, là où il n'y a plus aucune algue.

— Oui, je repère bien les traces... La mer va donc encore monter d'un ou deux mètres...

— Exactement, et c'est pour cela qu'il nous faut trouver un refuge pour la nuit, au moins à cette hauteur-là !

Et tous les deux, regardant de tous nos yeux, nous cherchons un moyen d'escalader la muraille. Mais comment trouver un endroit où grimper sur cette falaise presque verticale !

Pourtant, Violette me fait signe. De la main,

elle m'indique, sur sa droite, une sorte de faille qui zigzague dans la roche : elle nous permettrait de grimper de quelques mètres, sans trop de difficultés.

Immédiatement, nous nous précipitons là-bas. En nous agrippant comme nous pouvons sur les bords de la faille, nous commençons l'ascension, car les vagues arrivent déjà sur nos pieds.

Notre petite escalade n'a pas été bien longue. Nous sommes maintenant à environ trois mètres au-dessus de la plage. Je trouve un renfoncement dans la paroi rocheuse qui nous permettra de nous tenir assis.

Fatigués, mais contents d'être tirés d'affaire, nous nous sommes installés dans notre abri improvisé.

J'observe ce qui m'entoure : l'immense falaise plonge dans la mer tout autour de nous. La marée qui monte a presque envahi les gros rochers sur lesquels nous nous sommes accrochés tout à l'heure. Les vagues s'écrasent avec un bruit terrible juste en dessous de nous.

Le temps passe et cela fait bien une heure que nous sommes là. La mer est haute et, comme je l'ai prévu, elle est à moins d'un mètre de notre abri.

Les vagues se jettent avec fureur sur la falaise

qui plonge maintenant ses bases complètement dans l'eau. On n'aperçoit plus aucun des rochers qui étaient plus bas ; ils sont entièrement recouverts par la mer à présent.

Quelle impression curieuse d'être là, au ras des vagues, sans pouvoir bouger, coincés quelque part en bas de cette falaise vertigineuse ! Nous sommes condamnés à rester immobiles : nous ne pouvons ni monter la paroi de pierre qui nous domine, ni descendre dans les eaux noires qui s'agitent sous nos pieds.

Nous n'avons pas beaucoup parlé depuis que nous sommes dans notre abri, mais soudain Violette se tourne vers moi, l'air effrayé :

— Crois-tu que l'eau va encore monter ?

— Non, Violette ! La mer est haute maintenant. D'ailleurs, la nuit va tomber...

Et, en disant cela, je lui prends la main, car je vois combien elle est inquiète. Elle tremble presque...

Pour la rassurer, j'ajoute :

— Ne t'en fais pas ! Tu sais bien que la marée haute laisse des traces sur la roche. Et tout à l'heure, nous avons bien observé ces marques... L'eau ne montera pas plus, je t'assure...

Et loin d'être sans inquiétude moi aussi, je m'efforce de voir les choses avec optimisme.

Violette, un peu tranquillisée, me rend mon sourire en me regardant un long moment, sans lâcher ma main. Je sais combien elle a confiance en moi et je sais aussi combien je dois veiller sur elle, car nous allons passer une nuit difficile...

Je lui explique avec calme :

— La nuit arrive, Violette, nous devons nous installer le mieux possible, car, dans peu de temps, nous n'y verrons plus rien... et il ne faudra pas tomber à l'eau... Nous allons garder nos gilets de sauvetage par sécurité, et puis cela nous protégera un peu du vent.

Je l'aide à se placer au mieux dans la fente du rocher. Je lui montre comment elle pourra bouger un peu ses jambes sans se mettre en danger, comment elle peut caler sa tête. Une fois qu'elle est installée, je me positionne à mon tour le mieux possible afin d'être en sécurité.

C'est dans un vacarme épouvantable que l'obscurité se fait peu à peu. La mer se déchaîne en se jetant contre le roc, juste à nos pieds. Nous recevons de temps à autre de fines gouttes d'eau lorsque les vagues se brisent sur la falaise.

Oh ! la nuit terrible que nous allons passer !

Mais tout n'est pas encore noir et j'observe le spectacle étrange qui se trouve devant moi. Les vagues sont couronnées d'écume qui paraît presque plus blanche à cause de l'obscurité ambiante. On distingue de moins en moins bien les détails des falaises qui s'assombrissent peu à peu.

Mais brusquement, quelque chose attire mon attention ! Sur ma droite, en face de la paroi, dans la pénombre, une étrange lumière apparaît sur l'eau, puis disparaît. C'est un bref éclat lumineux qui se répète, trois fois, et puis qui s'éteint. J'ai pu voir d'où il provient : d'une masse sombre qui me semble être un petit bateau, près de la falaise.

Je ne distingue pas grand-chose dans l'ombre, mais je comprends qu'il s'agit d'une embarcation qui s'avance tout droit sur la falaise.

Ce bateau va s'écraser contre les rochers s'il continue ainsi ! Que fait-il ici ? Pourquoi avoir éteint ses lumières ?

Ce sont des questions qui me viennent rapidement à l'esprit, mais pour lesquelles je n'ai pas de réponses. J'attire l'attention de Violette et lui montre la silhouette du bateau qui continue à voguer droit sur la muraille rocheuse. Elle arrive à le distinguer elle aussi. Nous le suivons tous les deux dans sa course folle...

Et soudain, il se passe quelque chose d'étrange, d'incompréhensible : au moment où le bateau fou va s'écraser sur la falaise, il disparaît, sans bruit, comme s'il se volatilisait !

Je me tourne vers Violette : elle aussi a vu et ne comprend pas.

Malgré l'obscurité, nous scrutons avec attention la mer, mais l'étrange bateau a définitivement disparu...

3. La nuit sur la falaise

Maintenant, la nuit est totale. Le ciel est couvert et l'on ne voit aucune étoile, mais, malgré les nuages, il ne pleut pas. Dans l'obscurité, je distingue à peine l'écume qui couronne les vagues. Le vent souffle toujours et le grondement assourdissant de la mer ne cesse pas.

Quelle impression de se trouver coincé sur ce rocher sans pouvoir bouger, avec des masses d'eau qui s'agitent juste en dessous !

Je me mets alors à penser à tout ce qui nous a conduits ici. J'aurais dû être plus responsable, ne pas m'éloigner tant de la plage avec un si petit bateau puisque le vent soufflait.

Puis je repense à la maison où je devrais dormir cette nuit, cette petite maison sur la falaise, dans le village de Tessy-sur-Mer, la maison que possède ma tante Aurélie et où nous passons souvent nos vacances... J'imagine ma tante, le souci qu'elle doit se faire pour nous, les secours qu'elle a dû appeler... mais comment nous trouverait-on ici, en pleine nuit ? Je sais qu'elle ne dort sans doute pas, tellement elle doit être inquiète.

Tante Aurélie représente beaucoup pour moi, elle est un peu ma maman maintenant, depuis le terrible accident qui m'a privé de mes parents…

Mes pensées continuent de s'enchaîner sans ordre... Maintenant, je revois Violette, ma petite voisine, le jour où je lui ai annoncé qu'elle pouvait venir en vacances avec moi. Elle en était si heureuse... Et voilà où je l'ai conduite !

Je la sens remuer à mes côtés, elle ne dort sans doute pas non plus. Je me penche vers elle en parlant assez fort à cause du fracas des vagues...

— Violette... Violette... Tu n'arrives pas à dormir ?

— Non, pas avec ce bruit... et puis on est si mal sur ces rochers...

— Mets ta tête contre mon épaule, tu seras mieux...

— Oui, Axel...

Du mieux qu'elle le peut, elle vient se blottir

contre moi en appuyant sa tête contre mon épaule. Je l'aide à se positionner et je m'aperçois qu'elle tremble. Alors j'essaye de replacer son vêtement au mieux afin qu'elle n'ait pas froid. J'écarte les cheveux qui couvrent son visage et je m'aperçois que des larmes ruissellent sur sa joue. Elle continue de trembler. Je comprends qu'elle n'a rien voulu me dire, mais qu'elle est terrifiée... Je passe doucement ma main sur ses cheveux pour la calmer, l'apaiser. Au bout d'un moment, je sens qu'elle va mieux. Il me semble qu'elle tremble un peu moins et qu'elle s'endort.

Alors, moi aussi, épuisé, je sombre dans un sommeil agité, entrecoupé par des réveils incessants. Il me semble parfois que je sors d'un cauchemar et que je vais me retrouver dans mon lit. D'autres fois, je m'imagine sur un bateau qui n'en finit pas de sombrer, et qui se relève sans cesse pour chaque fois mieux s'enfoncer. Et toujours, ce vacarme incessant de l'eau qui se jette sur la falaise comme si elle voulait l'ébranler et la disloquer !

Mes courts instants de sommeil alternent avec des périodes où je somnole. Je ne sais combien de temps passe ainsi, mais j'ai l'impression que cela n'en finit plus.

Enfin, après cette nuit interminable, l'aube

apparaît avec quelques lueurs blanchâtres. On distingue maintenant dans une semi-obscurité la falaise toute noire, la mer sombre et le ciel nuageux qui s'éclaire un peu au loin, vers l'horizon.

Sur ma droite, l'énorme muraille plonge dans les flots, mais je remarque que la mer a bien baissé, car des roches commencent à émerger. Des mouettes les entourent, emplissant l'espace de leurs cris.

Bientôt, dès qu'il fera jour, quand la mer sera à son point le plus bas, nous pourrons enfin quitter notre abri !

Peu à peu, l'horizon blanchit et le petit jour se lève.

Je distingue un peu partout, au bas des parois, des roches luisantes qui émergent de l'eau. Nous allons pouvoir partir de notre refuge !

La petite plage de galets qui nous a accueillis hier soir est maintenant complètement libre. Tout autour, des roches couvertes de vase vont nous permettre de longer le bas des falaises et de revenir chez nous.

C'est le moment ! J'entraîne Violette et nous commençons à avancer le long de la falaise. Mais ce n'est pas facile ! Il faut gravir une roche gluante pour descendre ensuite dans un trou d'eau rempli de vase, pour remonter encore sur une autre roche, et recommencer un peu plus loin. Nous progressons difficilement, avec lenteur, mais nous sommes contents. Je me retourne de temps à autre et je vois derrière moi Violette qui est souriante, les cheveux dans le vent. Elle m'encourage :

— On va y arriver !

— Bien sûr !

Mais une heure plus tard, je m'aperçois que nous ne sommes pas encore au bout de nos efforts. Ce passage est bien plus accidenté que je ne l'aurais cru !

Enfin, peu à peu et avec difficulté, nous avançons. Nous sommes maintenant tout près du but : cinq cents mètres environ. Je distingue la paroi rocheuse qui s'interrompt pour laisser place à une pente douce. Ensuite, arrivés là-bas, nous rejoindrons le village de Tessy-sur-Mer qui se trouve plus haut, sur la falaise.

Je croyais y être, mais c'était compter sans un autre obstacle. En bas de la paroi, il n'y a maintenant plus de rochers, seulement la mer ! Comment y arriver ?

— Une seule solution, me dit Violette, nager...

Et, courageusement, nous nous élançons dans l'eau froide. Nous nageons le long de la falaise afin de pouvoir nous agripper à la roche si nécessaire. Mais, fatigués et affamés, nous progressons avec difficulté. Enfin ! nous arrivons à une plage assez vaste couverte de galets : la plage d'où nous sommes partis en bateau hier. Elle est déserte à cette heure matinale. Peu importe ! Nous montons le plus vite possible la petite route qui conduit au village de Tessy-sur-Mer.

4. La maison en ruine

Mon cœur se met à battre lorsque j'aperçois ma tante. Elle est là, devant sa maison, dans le jardin, inquiète, à regarder vers la mer. Je crie ! Violette aussi ! Tante Aurélie nous a entendus. Elle court vers nous.

Et bientôt, je me jette dans ses bras. Elle nous serre tous deux contre elle. Des larmes coulent sur son visage. Au bout d'un long moment, elle balbutie :

— Enfin, vous voilà !... Je me suis fait tant de soucis !... Les secours sont prévenus depuis hier soir. Ils ont fait des recherches une partie de la nuit... Un bateau a même patrouillé le long de la côte...

Puis elle se précipite vers la maison, nous

entraînant avec elle.

— Oh ! Il faut que je prévienne tout de suite la gendarmerie de votre retour ! Venez vite !

Les secours avertis, tante Aurélie nous prépare un repas, une sorte de copieux petit déjeuner, mais nous avons surtout soif. Je n'arrête pas de boire.

Pendant que nous mangeons, nous racontons nos péripéties à tante Aurélie, puis une fois le repas terminé, nous allons nous reposer.

Allongé sur mon lit, je repense à toute notre aventure. Fatigué par notre mauvaise nuit, je m'endors rapidement. Il est quatre heures de l'après-midi quand je me réveille ! J'apprends que Violette vient de se lever il y a peu de temps.

Tante Aurélie nous propose un goûter, mais je refuse :

— Non, tatie, avec tout ce qu'on a mangé tout à l'heure !

Et nous passons dans le salon. Je m'installe confortablement dans un fauteuil et je rêvasse, en regardant par la fenêtre le paysage. Je sens que j'ai encore besoin de me reposer... Puis je m'amuse avec un jeu vidéo alors que Violette a pris un livre. De temps à autre, je jette un regard par la fenêtre : les arbres se courbent sous le vent qui traîne des nuages gris.

Tante Aurélie, qui s'est assise à côté de moi, s'est rendu compte que j'ai repris des forces. Alors, elle aborde un sujet qu'elle a laissé de côté jusqu'à présent :

— Votre promenade en bateau aurait pu très mal se terminer... Il faut que tu me promettes quelque chose, Axel...

— Quoi ?

— De ne plus retourner en mer par mauvais temps, ou même par temps incertain. C'est la condition pour que tu puisses refaire du bateau !

— Bien sûr ! Je te le promets... Avec tout ce qui nous est arrivé, j'ai compris !

Puis, après un temps de silence, j'ajoute :

Mais on n'a plus de bateau, alors...

— Ça, je m'en occupe, tu viendras un jour au magasin avec moi...

Tante Aurélie n'a pas le temps de terminer sa phrase que je me jette à son cou pour la remercier !

Et l'après-midi se passe tranquillement. Je suis content de me reposer encore, Violette aussi. Elle vient de s'asseoir face au petit clavier électronique qu'elle a emporté. Elle installe sa partition et se met à jouer. Je l'écoute avec toujours autant de plaisir, car elle joue merveilleusement bien.

Le soir venu, après le repas, j'entraîne Violette dehors pour une petite promenade. Comme la nuit est proche, tante Aurélie recommande :

— Il est tard, n'allez pas trop loin !

— Ne t'inquiète pas, on va suivre le chemin en haut de la falaise et, si la nuit arrive, j'ai ma lampe de poche.

Le vent souffle toujours, il fait frais et la pluie pourrait même tomber d'un instant à l'autre. Nous avons pris nos vestes imperméables.

Nous traversons une grande étendue d'herbes couchées par le vent, une sorte de lande, pour rejoindre ensuite le chemin qui longe le haut de la falaise.

Le sentier serpente au milieu des broussailles et des bruyères. L'endroit est sauvage et magnifique. Sur notre gauche, nous dominons la mer qui prend des teintes sombres avec le crépuscule.

Au bout d'un quart d'heure de marche, je montre du doigt à Violette une masse grise qui apparaît au loin, perchée sur le bord de la falaise. C'est une construction à moitié effondrée dont nous nous approchons. Ce bâtiment en ruine, isolé dans la nature sauvage et dominant la mer du haut de la falaise, est étonnant et inquiétant. Il a quelque chose de fantastique. Le toit est en partie détruit.

Impressionnée, Violette me demande :

— Qu'est-ce que c'est ?

— C'est une maison en ruine, abandonnée depuis très longtemps. On raconte à son sujet que c'était un original qui l'avait construite ici, car il voulait toujours profiter du spectacle de la mer à ses pieds...

Toutes sortes d'arbustes et de ronces ont envahi la ruine, mais il reste une ouverture au bas de l'édifice : une porte en forme d'arc. Nous entrons. Pour y voir plus clair, j'ai allumé ma lampe de poche. À l'intérieur, de grosses pierres parsèment le sol. Tout est assez sombre, car ce ne sont pas les étroites fenêtres percées dans la muraille qui éclairent grand-chose. La lumière provient surtout du toit effondré.

Je lève les yeux : ce qui reste de la toiture m'apparaît menaçant, tout pourrait s'écrouler d'un moment à l'autre.

— Cet endroit est lugubre, me dit Violette, sortons vite !

À l'avant de la maison abandonnée, nous nous approchons du bord de la falaise, avec prudence, car l'à-pic est vertigineux. Là, nous nous asseyons et regardons la mer qui mugit tout en bas en s'écrasant sur les roches. Je me tourne vers Violette.

— En t'emmenant ici, j'avais mon idée...

— Quelle idée, Axel ?

— Hier soir, lorsque nous étions coincés sur la falaise, c'était à peu près tout en bas de cette paroi...

Violette se penche un peu pour essayer de mieux apercevoir le bas de la falaise.

Je reprends :

— Non, Violette, tu ne pourras rien voir d'ici, mais c'était quelque part tout en bas... Et c'était à peu près à cette heure, à la tombée de la nuit, que nous avons remarqué l'étrange bateau...

— Ah ! Et tu comptes le revoir ?

— Peut-être... On va attendre quelque temps ici...

5. Étrange rencontre

La nuit commence à tomber et nous profitons du magnifique spectacle : l'horizon qui se teinte de rose, les mouettes qui volent au-dessus des vagues, la mer qui prend une coloration sombre. Tout à coup, Violette me saisit le bras :

— Regarde !

Elle me montre de la main le bas de la falaise à notre droite. À cet instant, comme hier, je distingue un bref éclat lumineux sur l'eau, c'est tout.

— Ça vient d'un petit bateau ! s'exclame Violette. Regarde la forme sombre là-bas !

Effectivement, je perçois le contour d'une petite embarcation que je distingue mal dans la pénombre. Il doit y avoir, sur le pont, une cabine de taille réduite, sans doute le poste de pilotage. Je ne peux voir plus de détails, car la scène est très lointaine. L'éclat lumineux que nous avons aperçu tout à l'heure provenait sans doute de ce bateau, mais pourquoi ?

D'ailleurs, je n'ai pas le temps d'en observer plus, car, comme hier, le petit bateau fonce droit sur la falaise comme s'il voulait s'écraser sur les rochers !

Violette me serre la main.

— Mais il va se briser sur la falaise !

Je ne réponds rien, mais j'observe la scène avec stupéfaction. Et, comme hier soir, l'inexplicable se produit : le bateau disparaît au moment où il arrive sur la falaise, comme s'il se volatilisait !

Je n'en crois pas mes yeux, mais c'est ainsi ! Où est-il donc passé ? Nous demeurons un long moment, immobiles, dans l'attente, Violette et moi, comme si le bateau allait réapparaître... Mais non, plus rien ne bouge, la mer est vide...

Il fait de plus en plus sombre et je songe à rentrer quand mon attention est brusquement attirée par le passage furtif d'une ombre sur le côté. Je tourne la tête pour mieux voir. On dirait quelque chose qui bouge au pied de l'ancienne maison. Puis tout disparaît...

Durant quelques instants, je ne quitte pas des yeux la ruine, mais sans rien voir de plus. Violette se tourne vers moi, intriguée.

— Qu'est-ce que tu regardes ?

— Je ne sais pas... C'est comme une ombre qui a bougé, là-bas. Viens, on va s'approcher...

Et nous marchons en direction de la maison. Nous n'en sommes qu'à quelques mètres lorsque je vois une silhouette noire qui se découpe sur le ciel sombre, la silhouette de quelqu'un qui court.

J'allume tout de suite ma lampe de poche en direction de l'inconnu, mais celui-ci disparaît derrière l'édifice. J'entraîne Violette avec moi.

Mais lorsque nous arrivons au pied de la ruine, plus rien ! Tout a disparu !

Où est donc passé l'inconnu ? Est-il en train de courir au loin ? Est-il entré dans le bâtiment ? Je prends la main de Violette et murmure :

— Il faut aller voir dans la maison abandonnée...

— Non... Tu ne sais pas qui peut se cacher à l'intérieur... C'est peut-être quelqu'un de dangereux.

— Je ne pense pas, sinon il ne se serait pas enfui à notre approche... Et puis, nous sommes deux et j'ai ma lampe de poche...

Violette n'est pas très rassurée et elle me serre

la main lorsque nous atteignons l'entrée de la maison en ruine. Moi aussi, je suis un peu effrayé en arrivant ici. Tout est noir, on ne distingue rien.

J'allume alors ma lampe et éclaire l'ouverture. Je promène le faisceau lumineux un peu partout, y compris sur les murailles qui se perdent dans les ténèbres. Le sol est encombré par des pierres jetées pêle-mêle... Le bâtiment est vide.

Nous sortons de la ruine et je m'aperçois qu'il fait presque nuit. Il faut rentrer rapidement, car je ne veux pas que tante Aurélie s'inquiète.

Sur le chemin du retour, je reparle avec Violette de cette étrange rencontre.

Que faisait l'inconnu dans cet endroit désolé à une heure si tardive ? Pourquoi s'être enfui ? Craignait-il quelque chose ?

Mais nous ne pouvons trouver de réponses à ces questions.

J'ai allumé ma lampe de poche, car il fait nuit noire. On ne distingue plus la mer, mais on l'entend gronder au pied des falaises. Je me retourne pour revoir la ruine. Elle est loin derrière nous maintenant, mais sa silhouette élancée se détache encore sur le ciel sombre.

Tante Aurélie nous attend sur le pas de la porte, un peu inquiète. Elle a été rassurée dès qu'elle a vu la lueur de ma lampe sur le chemin.

Le dîner est prêt et nous nous mettons vite à table. Nous rediscutons de ce que nous venons de voir, mais ni Violette, ni moi, ni tante Aurélie ne trouvons la moindre explication. Pourtant, le soir, avant d'aller dormir, Violette me dit :

— Et si l'apparition du bateau mystérieux et la rencontre de l'inconnu étaient liées ? Rappelle-toi que les deux événements sont arrivés à peu près en même temps...

6. Un nouveau bateau

Le lendemain, le ciel est dégagé. Une belle journée s'annonce. Lorsque je descends, tante Aurélie et Violette ont déjà terminé leur petit déjeuner. Je m'assieds dans la cuisine et mange avec appétit mon pain grillé couvert de confiture. Tante Aurélie s'approche de moi et entoure mes épaules de son bras en me souriant.

— C'est aujourd'hui qu'on va acheter ton nouveau bateau, Axel.

— Oh, merci ! Je me dépêche de terminer mon petit déjeuner !

Un peu plus tard, nous marchons tous les trois en direction du centre de Tessy-sur-Mer : ce n'est pas un grand village, mais on y trouve plusieurs commerces. Nous nous arrêtons devant une sorte de bazar où l'on vend un peu de tout, et notamment des articles pour la plage. On y trouve plusieurs bateaux gonflables munis de deux rames. J'en repère un qui m'a l'air très bien, à peu près le même modèle que l'ancien. Tante Aurélie l'examine de près. Il a l'air solide, elle est d'accord pour l'acheter. Le vendeur va nous en chercher un plié dans une boîte de carton.

Nous rentrons, munis de ce colis encombrant. Arrivé à la maison, je m'empresse de gonfler le bateau, car j'ai hâte de l'essayer. Ensuite, tous les trois, nous partons à la plage de Tessy-sur-Mer.

C'est une plage de taille moyenne, couverte de galets et coincée entre les parois rocheuses. On y accède par un chemin plutôt escarpé. C'est cette plage que nous avons rejointe l'autre jour après notre nuit mouvementée sur la falaise.

Dès qu'on arrive, Violette m'aide à mettre le bateau à l'eau. Quelques coups de rames et nous nous retrouvons bientôt à une bonne distance de la plage. J'aperçois tante Aurélie qui lit à l'ombre d'un parasol. Je lui fais de grands signes, elle lève les yeux de son livre et agite la main en souriant.

Nous nous éloignons encore et la plage

apparaît toute petite. Je viens de lâcher les rames et nous nous laissons dériver. Devant moi, l'immense falaise se prolonge dans le lointain. Je ne peux m'empêcher de scruter l'endroit où nous nous sommes réfugiés lors de la tempête. Je pointe le doigt vers la muraille rocheuse.

— Regarde Violette, nous étions là, à peu près...

— Cela semble si loin !

C'est vrai qu'on distingue mal l'endroit à cause de la distance et des rochers qui encombrent le bas des parois. Pourtant, je crois deviner la petite plage où nous nous sommes échoués, là-bas, dans le lointain. J'observe aussi la muraille qui la borde et je dis à Violette :

— Regarde encore plus à gauche de l'endroit où nous étions... Tu vois... la muraille presque verticale...

— Oui !

— Eh bien, c'est à peu près là que l'étrange bateau a disparu...

— Comment a-t-il pu ?...

Mais elle s'interrompt soudain et pointe le doigt vers quelque chose tout en haut, à la verticale de l'endroit que je viens de lui montrer.

— Regarde Axel ! Tu ne vois pas ?

J'observe une forme fine, en partie noyée dans

une légère brume, et qui domine la falaise.

— C'est la maison, Axel, la maison abandonnée !

Violette a raison, cette forme étroite, c'est bien la ruine... Puis elle ajoute :

— Elle est presque au-dessus de l'endroit où le bateau étrange a disparu !

Violette réfléchit un instant puis, les yeux brillants, me serre la main.

— Axel, ce bateau qui se précipite sur la falaise... et puis cette silhouette qui disparaît derrière la maison... Il faut savoir ce qui se passe, il faut en avoir le cœur net !

Moi aussi, je suis tout autant intrigué que Violette par ce mystère. Alors, tous les deux, sur notre petite embarcation qui dérive au gré des vagues, nous dressons un plan. Je propose :

— Dès ce soir, on va surveiller la maison abandonnée pour essayer de comprendre ce qui se passe... et puis on pourrait aussi revenir en bateau pour observer de plus près la falaise...

Violette m'interrompt :

— Mais tu as promis à ta tante...

— Je lui ai fait la promesse de ne pas sortir par mauvais temps comme l'autre jour... mais, s'il fait beau, nous pouvons y aller.

C'est décidé ! Dès demain, si le temps le

permet, nous irons en bateau examiner la paroi rocheuse que domine la ruine.

Violette reprend alors les rames pour nous ramener vers la plage. Nous y sommes presque et je me retourne pour regarder encore une fois la falaise rouge. À cet instant, je suis brusquement éclaboussé par de l'eau de mer ; il n'y a pourtant pas beaucoup de vent. Je me retourne et vois Violette en train de rire : c'est elle qui vient de m'asperger ! Je lui rends la pareille et l'arrose à mon tour. Bientôt, dans l'animation de cette petite bataille, le bateau bascule et nous nous retrouvons à l'eau.

Violette tente de s'enfuir, mais je la saisis pour l'immobiliser. Enfin, elle demande grâce. Alors, nous en profitons pour nager à notre gré dans l'eau tiède. Puis nous arrivons sur la plage, ruisselants, en traînant le bateau derrière nous. Tante Aurélie est là qui nous regarde en souriant.

— En voilà deux qui auront bon appétit tout à l'heure !

7. En reconnaissance

Le lendemain après-midi, il fait beau temps. Même si le vent souffle un peu, nous pouvons réaliser notre projet : regarder de plus près la falaise rouge. Je prépare avec Violette le bateau et les rames. J'ai aussi pris des jumelles. Tante Aurélie me recommande la prudence. Je la rassure :

— C'est promis, s'il y a du vent, des nuages, de la houle, nous rentrons immédiatement !

Avec Violette, nous descendons le chemin sinueux qui conduit à la plage tout en portant le bateau qui n'est pas lourd, mais encombrant. Puis nous prenons la mer. Je rame vigoureusement et nous dépassons bientôt la première muraille rocheuse qui borde la plage.

Nous voilà en pleine mer, mais je prends soin de longer la falaise.

C'est l'heure où la mer se retire lentement, mais ce n'est pas encore la basse mer. Un peu partout, des récifs émergent de l'eau.

Enfin, nous arrivons ! Je m'arrête de ramer, sors mes jumelles et repère la petite plage de gravier où nous nous sommes échoués l'autre soir.

— Laisse-moi voir ! dit Violette.

Je lui donne les jumelles et elle commente ce qu'elle observe :

— Là, à peu près au-dessus de la petite plage, je peux repérer la faille où nous avons passé la nuit... Et tout en haut de la falaise, un peu sur la gauche : la maison abandonnée... on la voit bien !

Elle me repasse les jumelles et je fixe la ruine. Puis je regarde en dessous la paroi rocheuse abrupte qui plonge dans la mer. Cependant, quelque chose retient mon attention. Légèrement au-dessus de l'eau, une sorte de faille s'ouvre dans la roche, mais je distingue mal...

Violette, qui a repris les jumelles, observe la même chose. Elle me propose :

— Axel, si on allait voir ça de plus près !

Et elle prend les rames. Elle s'approche le plus

possible du bas de la falaise, mais l'endroit est dangereux. La mer, même si elle n'est pas très agitée, risque de nous pousser sur les récifs. Il faut donc rester à bonne distance.

Mais nous sommes bien placés. On distingue mieux maintenant la faille à l'œil nu. C'est une sorte de trou étroit dans la falaise, peut-être l'entrée d'une petite grotte. Je reprends les jumelles.

— C'est bien ça, une faille dans la roche, au-dessus de l'eau, donc inaccessible...

Violette rectifie :

— Non ! pas inaccessible. Quand la mer est haute, elle doit envahir cette petite grotte !

— C'est juste !... Et as-tu remarqué que cette ouverture est à peu près en dessous de la maison abandonnée ?

— Oui, mais aussi...

Violette s'est arrêtée de parler. Ses regards vont successivement de notre refuge de l'autre nuit à la grotte. Elle reprend :

— Axel ! C'est l'endroit où l'on a vu le petit bateau disparaître !... Il ne s'est pas évanoui, il est entré dans cette grotte ! Rappelle-toi, la mer était haute : le bateau pouvait donc y accéder !

— Tu as sans doute raison !... Voilà qui expliquerait la disparition du bateau…

Et après avoir réfléchi un instant, je reprends :

— Maintenant, il est temps de rentrer, mais on reviendra explorer cette grotte lorsque la marée sera haute...

Cependant, les jours suivants, impossible de retourner à la falaise rouge. En effet, un vent fort s'est levé et souffle sans cesse, traînant de gros nuages gris. Pendant la journée, le ciel est parfois troué d'éclaircies, mais elles ne durent pas. La mer est bien trop agitée pour songer à faire du bateau. De fréquentes averses ne nous permettent pas de nous baigner. C'est pourquoi, cet après-midi encore, nous nous retrouvons dans la maison, occupant notre temps comme nous le pouvons.

Je lis un bon livre pendant que Violette joue avec tante Aurélie à un jeu de société. De temps en temps, je regarde par la fenêtre, la pluie tombe encore, les herbes sont couchées par le vent et tout est gris. Quelques lambeaux de brume flottent au-dessus du sol.

Pour changer d'activité, je m'installe dans un fauteuil avec un jeu vidéo, un jeu avec des trains... Cela me rappelle la gare des Bruyères, l'endroit où j'habite toute l'année avec ma tante. Depuis bien une demi-heure, je m'acharne sur une mission qui m'est confiée : dételer un wagon et le laisser sur une voie de garage, puis en atteler trois autres pour les conduire à la gare suivante. J'y suis presque arrivé : la locomotive file sur les rails en tirant ses trois wagons au milieu de la campagne quand je lève les yeux de mon écran et regarde par la fenêtre. Il ne pleut plus, je vais pouvoir enfin me dégourdir les jambes ! J'enregistre alors l'étape en cours sur mon jeu afin de pouvoir la reprendre une prochaine fois et je me lève.

— Tu viens faire un tour, Violette ?

Mais, trop occupée par son jeu, elle refuse. Tante Aurélie n'a pas envie de sortir non plus. Peu importe, j'irai seul !

Quelques instants plus tard, couvert de ma veste imperméable, je me retrouve dehors et j'emprunte le sentier qui longe les falaises.

De gros nuages sombres courent dans le ciel. Ils laissent parfois apparaître des pans de ciel bleu. La mer grise, tout en bas, s'écrase avec fracas sur les récifs en projetant des gerbes d'écume blanche. Le vent souffle fort et les vagues sont impressionnantes.

Je marche d'un pas rapide, content de sortir enfin. Mais bientôt, quelques gouttes de pluie commencent à tomber. Tant pis, je continue ! Il me suffit de rabattre la capuche de ma veste imperméable pour rester au sec.

Et j'avance ainsi sous la pluie durant un bon moment. Des brumes flottent un peu partout et masquent l'horizon. Soudain, devant moi, se dresse une masse obscure qui émerge du brouillard : la maison en ruine. Cette bâtisse sombre et abandonnée est sinistre. Je m'approche pourtant, comme si j'allais trouver quelque chose alors que tout est désert, que je n'ai rencontré personne sur ma route...

Je lève les yeux. Le haut de la muraille disparaît dans la brume comme s'il s'étirait à l'infini jusqu'au ciel. Je me dirige vers l'entrée et me hasarde, pas très rassuré, à regarder à l'intérieur, sans y pénétrer. Je n'y vois pas grand-chose, tout est sombre. L'endroit est trop inquiétant et je m'empresse de le quitter.

Mais juste à l'entrée de la ruine, quelque chose qui brille entre les herbes attire mon attention. Je me penche, écarte les plantes et découvre une lampe torche d'un tout petit modèle. J'appuie sur le bouton, la lumière jaillit. Elle est en bon état et n'est certainement pas ici depuis longtemps.

Qui donc a bien pu la perdre ? Je n'ai encore rencontré personne en cet endroit sauvage et désolé... Serait-ce l'inconnu que nous avons vu disparaître ici l'autre soir ? Je ne peux bien sûr pas répondre à cette question, mais je me promets de revenir avec Violette, car j'ai le pressentiment que nous allons découvrir quelque chose...

8. La grotte

La pluie est tombée presque sans interruption durant toute la journée d'hier, nous condamnant à rester à la maison. Cependant, ce matin, en ouvrant mes volets, je découvre avec plaisir un ciel clair et presque sans nuages. La journée s'annonce magnifique !

Après avoir avalé notre déjeuner, nous descendons, Violette et moi, à la plage. Nous emportons bien sûr le bateau gonflable, car nous avons le projet de voir de plus près la grotte dans la falaise. J'ai consulté les horaires des marées qui se décalent chaque jour d'environ cinquante minutes. Cela tombe bien : ce matin, lorsque nous arrivons à la plage, la mer est presque haute. On va pouvoir ainsi suivre notre idée : l'eau montante a dû atteindre la grotte et, avec un peu de chance, nous pourrons y pénétrer...

Nous embarquons sur une mer calme. Violette a pris les rames la première. Moi, je regarde les mouettes qui volent au ras des vagues et j'admire les falaises qui plongent dans l'eau verte. Un peu plus tard, je remplace Violette en prenant les rames à mon tour. Nous voilà arrivés, mais je ne vois pourtant pas de faille dans la falaise... Il me faut avancer encore sur le côté pour l'apercevoir : c'est une ouverture dans la roche, bien cachée, car elle est masquée par des récifs. La mer haute entre dans cette brèche. J'arrête de ramer et me tourne vers Violette.

— On y va !

— Sois prudent, Axel, il y a des rochers...

— Ne t'inquiète pas, on va avancer tout doucement.

Et, reprenant les rames, je dirige notre petite embarcation vers l'ouverture noire que l'on distingue derrière les roches environnées d'écume. Je dois faire attention, car le passage entre les récifs est étroit. De plus, notre bateau est ballotté par de petites vagues qui nous poussent vers la paroi rocheuse.

Enfin, nous arrivons devant la faille. C'est une ouverture dans la roche assez haute, mais étroite.

Cependant, un bateau de petite taille, comme celui que nous avons vu l'autre jour, doit pouvoir s'y glisser sans trop de peine.

Je m'engage dans l'ouverture en ramant avec précaution. Violette vient d'allumer une lampe de poche et elle éclaire l'eau sombre à mesure que nous pénétrons dans la grotte. J'avance encore de quelques mètres et nous nous retrouvons dans une grande caverne remplie d'eau. Violette promène le faisceau de sa lampe un peu partout, éclairant la voûte et les parois. J'arrête de ramer et allume à mon tour ma lampe torche.

L'endroit est sombre et inquiétant. Il s'agit d'une grotte assez vaste, sans doute assez profonde, car devant moi, tout au fond, les ténèbres semblent impénétrables...

Il n'y a pourtant rien de particulier dans cette caverne humide et sombre. Cependant, je voudrais explorer d'un peu plus près le fond de la grotte. C'est ce que je propose à Violette :

— Avant de repartir, si on allait voir là-bas, au fond...

— C'est tout noir ! dit Violette qui n'est pas très rassurée. Fais attention !

Je reprends les rames et je les plonge dans l'eau sombre. Violette m'éclaire avec sa lampe et j'avance avec prudence. Il ne s'agirait pas de chavirer et de se retrouver dans l'eau ici !

Quelle impression étrange d'être dans cette énorme faille creusée dans la roche ! On n'entend que le clapotis de l'eau remuée par les rames. On ne voit que la lumière de la lampe de Violette qui ne peut éclairer qu'une toute petite partie de la grotte inondée.

Tout est de plus en plus sombre. L'ouverture de la caverne m'apparaît toute petite dans le lointain, et pourtant je continue d'avancer dans les ténèbres qu'arrive à peine à percer la lampe de Violette !

Alors que j'atteins une sorte de couloir plus étroit entre les roches, un curieux bruit se fait entendre, comme un bourdonnement. J'arrête de ramer pour mieux écouter.

— On dirait des guêpes, murmure Violette.

— Des guêpes ici, tu crois ?

— Mais qu'est-ce que c'est alors ?

Elle promène partout le faisceau lumineux de sa lampe, mais on n'aperçoit que la roche sombre.

Soudain, le bourdonnement se fait plus fort, comme s'il se rapprochait de nous. Ce bruit s'amplifie et devient presque assourdissant, comme si des centaines de guêpes ou de frelons allaient se précipiter sur nous !

— On repart ! Dépêche-toi de ramer, lance Violette. Je ne reste pas une minute de plus ici !

Moi non plus, je n'ai aucune envie de m'attarder ! Je fais demi-tour et je rame le plus vite possible vers la sortie. Le bourdonnement diminue, à mesure que nous nous éloignons, comme s'il se cantonnait dans le fond de la caverne.

Ouf ! l'ouverture lumineuse de la grotte est de plus en plus proche. La sortie est presque à notre portée. Je m'active le plus possible sur les rames. Le petit bateau bondit enfin vers la sortie et, d'un seul coup, nous nous retrouvons en plein jour.

Immédiatement, l'air frais du large nous fouette le visage. L'eau bleue nous environne. Les vagues se jettent sur les récifs dans des gerbes d'écume blanche. Cela fait du bien de se retrouver en pleine lumière.

— Quelle horrible caverne ! dit Violette. Jamais je n'y retournerai !

— Oui, quel affreux bourdonnement ! Crois-tu que des guêpes aient établi des nids dans la grotte ?

— Ça, je n'en sais rien du tout ! Et je ne tiens pas à le savoir !

La conversation s'arrête là, car il faut songer à rentrer. Violette prend les rames et notre petite embarcation s'éloigne rapidement de l'effrayante caverne.

9. L'inconnu

Les journées passent, paisibles et ensoleillées. Nous profitons tous les jours de la mer, des jeux de plage, et nous dévorons avec un appétit énorme les bons plats que nous prépare quotidiennement tante Aurélie, sans oublier bien sûr de l'aider pour la cuisine, ou pour faire la vaisselle, quand elle nous le demande.

Il n'est plus question de retourner à la grotte. Violette ne veut plus en entendre parler. Moi, de mon côté, je dois dire que je n'ai pas trop envie de revisiter cette étrange caverne, et pourtant… j'aimerais bien savoir ce qui s'y passe.

En fin de journée, habituellement, je marche avec Violette dans la lande, en suivant le chemin qui longe le haut de la falaise. Mais, au cours de ces promenades, nous n'avons pas revu le bateau mystérieux. Nous n'avons pas non plus revu l'étrange silhouette près de la maison en ruine…

Apparemment, notre aventure s'arrête là. Pourtant, deux jours plus tard, un événement allait encore bouleverser nos vacances...

Un soir, au coucher du soleil, je me promène avec Violette. Du haut des falaises, nous admirons la mer scintillante. Tout autour de nous, les herbes et les broussailles ondulent sous le vent. Le ciel se teinte de rose dans le lointain et la mer se pare de couleurs extraordinaires. Fascinés par ce spectacle, nous nous arrêtons un instant puis, reprenant notre marche, nous continuons vers la maison abandonnée. Dans l'obscurité qui commence à se faire, sa silhouette impressionnante apparaît.

Soudain, je suis en alerte. Quelque chose bouge devant nous ! Quelque chose que je distingue mal.

C'est une ombre furtive qui se déplace tout près de la ruine.

Je murmure à Violette qui est juste à côté de moi :

— Il y a quelqu'un là-bas...

— Mais je ne vois personne !

— Je te dis que j'ai vu quelqu'un... J'y vais...

— Je t'accompagne, mais fais attention !

Tout doucement, nous nous approchons, en prenant garde à ne pas nous faire repérer. Je ne pense pas que l'inconnu nous ait entendus. En arrivant derrière la ruine, je prends soin de me plaquer contre le mur et je penche la tête pour observer. Je vois alors une ombre se déplacer à quelques mètres devant moi.

Je le tiens ! Je me précipite en criant :

— Qui êtes-vous ?

Aucune réponse, mais l'inconnu prend la fuite en direction du bord de la falaise.

Je me précipite, mais je m'arrête presque aussitôt, car le bord de la paroi est tout proche : un vide impressionnant de plusieurs dizaines de mètres ! Comment distinguer la paroi verticale dans l'obscurité ? L'inconnu est-il fou pour se précipiter ainsi vers le vide ? Il continue pourtant de courir, comme s'il savait exactement où il allait !

Puis brusquement, j'entends un cri, un cri angoissé ! Est-il tombé dans le vide ? Je me précipite vers le bord du gouffre.

J'entends alors un second cri, terrible, beaucoup plus fort !

Violette, qui m'a rejoint, s'exclame :

— C'est un cri d'enfant !

Nous nous approchons du bord de la falaise et j'en inspecte les abords à la lumière de ma lampe de poche. Une voix étouffée parvient alors de la paroi rocheuse :

— Aidez-moi !

C'est bien une voix d'enfant. Violette le rassure :

— On arrive !

Je me penche vers l'endroit d'où provient la voix et je distingue un jeune garçon agrippé à des arbustes poussant dans une faille presque verticale. Je pose ma lampe sur le sol de façon à ce qu'elle nous éclaire. Avec l'aide de Violette qui me retient, je tends les bras vers l'enfant. Il tend aussi une main vers moi.

Vais-je arriver à l'attraper ? Encore un effort et j'y suis... Je me penche un peu plus vers le vide et lui saisis vigoureusement la main. Je ne la lâcherai plus ! Maintenant, je tire comme je peux l'enfant vers moi. De son côté, il s'aide de son autre main en s'accrochant à des arbustes. Ainsi, nous arrivons à le remonter sur le bord de la paroi.

Enfin en sécurité, il s'affale dans l'herbe. Pendant qu'il se remet de ses émotions, je l'observe. Le garçon doit avoir une dizaine d'années. Il reprend son souffle, hébété, et puis nous regarde tour à tour en balbutiant :

— Merci !... Merci !

Violette lui sourit et lui parle avec douceur :

— Ça va mieux maintenant ?

— Oui !

— Comment t'appelles-tu ?

— Frank.

— Moi, je m'appelle Violette, et lui, c'est Axel, un ami.

Je lui demande alors :

— Qu'est-ce que tu faisais ici ?

L'enfant comprend bien qu'il peut avoir confiance en nous et se met à parler.

— J'habite une ferme pas très loin d'ici et j'aime bien me promener en haut des falaises... Et puis, un soir, j'ai vu quelque chose de très curieux : comme un bateau qui rentrait dans la paroi...

Je l'interromps :

— Nous aussi, on l'a vu !

— Ah ! vous aussi !... Eh bien, moi, je suis revenu plusieurs fois le soir pour essayer de le revoir et de comprendre...

— Mais pourquoi t'es-tu enfui quand on est arrivé ?

— J'ai eu peur ! Je ne savais pas qui vous étiez !

— Mais pourquoi as-tu couru vers la falaise ? Tu aurais pu tomber dans le vide !

— Non, je savais où j'allais...

— Mais tu allais où ?

— Je rejoignais le passage qui descend vers la mer...

— Un passage ?

— Oui, à côté de la maison abandonnée, il y a un passage en pente, une sorte de sentier entre les roches qui permet de descendre jusqu'à la mer... C'est mon père qui me l'a montré...

— Oh ! Tu nous le feras voir ?

— Bien sûr !

Je décide alors d'expliquer à Frank ce que nous savons au sujet du bateau mystérieux :

— Avec Violette, nous sommes allés en bateau au bas de la falaise et on a découvert une grotte inondée... dans laquelle pourrait bien disparaître le bateau que tu as vu...

— Une grotte ? J'aimerais bien la voir !

— Demain, si tu veux, on pourrait y aller… Et tu nous accompagnerais.

— Oh, merci !

Violette fronce les sourcils.

— Axel, je n'ai aucune envie de retourner dans cette caverne.

— Mais Violette, nous serons trois cette fois,

et on fera très attention... On restera juste au bord de l'entrée.

Violette hésite un instant.

— D'accord, si on reste près de l'entrée, mais pas en allant aussi loin que l'autre fois...

— C'est promis, Violette !

Je me rappelle alors que j'ai dans ma poche la petite lampe électrique que j'ai trouvée l'autre jour à l'entrée de la ruine. Je la présente à Frank.

— Elle t'appartient ?

— Mais oui !... C'est celle que j'ai perdue...

Il la prend et l'essaye, content de la retrouver :

— Où l'as-tu découverte ?

— Devant la maison abandonnée.

Puis Frank se lève, tenant sa lampe éclairée en main, car la nuit tombe. Pressé de rentrer, il dit :

— Mes parents vont s'inquiéter. Je dois y aller maintenant.

Puis, après un instant d'hésitation :

— C'est bien vrai, je peux vous accompagner en bateau demain ?

— Mais oui, je te l'ai déjà dit. On se retrouve à la plage de Tessy-sur-Mer demain matin, pas avant neuf heures et demie, ça te va ?

— D'accord, à demain !

Et sur ces mots, Frank s'éloigne dans la nuit, éclairant son chemin avec sa petite lampe.

10. Un incident

Le lendemain matin, nous nous retrouvons comme convenu sur la plage. J'ai tenu compte des horaires des marées ; la mer est presque haute et nous pouvons mettre le bateau à l'eau. Frank étant le plus petit, il ne tient pas trop de place. Cependant, nous sommes bien serrés. Par sécurité, comme me l'a recommandé tante Aurélie, je veille à ce que chacun soit muni d'un gilet de sauvetage, même si nous savons tous nager.

Un vent frais et léger souffle, mais la mer est calme. Je rame avec régularité et le bateau se comporte bien. En peu de temps, nous arrivons sous la falaise rouge. De loin, Violette montre à Frank la maison abandonnée que l'on devine à peine tout en haut de la paroi. Nous ne distinguons pas encore l'entrée de la caverne, car elle est cachée par les récifs.

Enfin, au bout de quelques minutes, après avoir contourné avec prudence des écueils, j'aperçois la grotte qui est en ce moment inondée, car la mer est haute. Je m'arrête de ramer et pointe le doigt vers la faille dans la roche.

— C'est là, Frank !

J'observe les vagues qui se brisent contre l'entrée de la caverne et propose :

— On y va, mais prudemment. Il ne s'agit pas de s'écraser contre les rochers et de déchirer notre bateau !

— Axel, je trouve qu'il y a beaucoup de vent ! intervient Violette qui observe l'horizon.

Je regarde vers le large. Effectivement, un petit vent frais s'est levé et hérisse les vagues de crêtes blanches.

Cependant, optimiste, je reprends les rames.

— Oh ! ce vent n'est pas bien méchant, on peut y aller !

Et je m'élance vers la caverne inondée. Je rame avec vigueur, mais malgré tous mes efforts, le vent me pousse de côté !

— Axel, attention ! s'écrie Violette.

— Je fais ce que je peux !

Je force sur les rames, mais rien à faire ! De

grosses vagues m'entraînent là où je ne veux pas aller, sur des récifs !

Je continue de lutter autant que je le peux, mais je n'y arrive pas, la mer est plus forte que moi...

Et brusquement, c'est la catastrophe !

Sur ma droite, se trouve un énorme récif : notre embarcation va être jetée dessus ! Je prévois le choc et essaye de l'amortir en positionnant ma rame entre la roche et le bateau. Mais la collision est si rude que Violette, qui n'a pu s'accrocher suffisamment, bascule et tombe à l'eau !

Elle essaye de nager, mais ballottée par les vagues, elle n'arrive pas à nous rejoindre. Heureusement qu'elle porte son gilet de sauvetage : sa tête émerge malgré l'agitation de la mer.

Je lui tends la rame afin qu'elle l'agrippe en criant :

— Accroche-toi à la rame ! Saisis-la !

Elle essaye à plusieurs reprises sans y arriver. Enfin, elle y parvient et la tient fermement. De mon côté, je la prends par l'épaule en l'aidant à remonter.

Enfin ! Elle est sauvée, ruisselante et transie, mais contente d'être à bord !

J'examine la paroi du bateau gonflable : il n'a pas souffert, car son flanc droit s'est appuyé bien à plat sur la roche qui est lisse à cet endroit. Je force alors sur les rames pour nous éloigner au plus vite du récif. Violette et Frank m'aident comme ils le peuvent en agitant leurs bras dans l'eau comme des rames. Je ne sais pas si cela sert beaucoup, mais enfin, en quelques minutes, nous arrivons à quitter cet endroit menaçant.

Bientôt, nous sommes en pleine mer, car j'ai pris le soin de m'éloigner le plus possible des récifs. Les vagues ne sont pas trop grosses, mais elles sont toujours plus dangereuses le long des falaises. Je rame le plus vite possible vers la plage de Tessy-sur-Mer. Nous y sommes en peu de temps et, après avoir tiré le bateau sur la grève, nous nous étendons au soleil.

C'est Violette qui parle la première :

— Plus question de retourner là-bas, c'est trop dangereux !

Comment lui dire le contraire après ce qui s'est passé ?... Et pourtant, j'aimerais tant savoir ce qui se trame dans cette grotte ! Mais comment faire ? C'est Frank qui me tire d'affaire en proposant :

— Je connais peut-être un autre moyen d'arriver jusqu'à cette caverne !

Étonné, je me tourne vers lui.

— Lequel ?

— Rappelle-toi, je t'ai dit que je connais un sentier qui descend le long de la falaise, sous la maison abandonnée...

— Et tu crois qu'il nous conduira jusqu'à la grotte ?

— Ça, je ne sais pas... mais on peut essayer...

Puis il ajoute :

— Vous avez bien remarqué, quand on était en bateau, que la grotte est à peu près située sous la maison en ruine ?

— Tu as raison… Ça vaut le coup d'essayer !

Violette, qui n'est pas très rassurée, intervient :

— Ce sentier qui descend jusqu'à la mer, il n'est pas trop dangereux ?

— Non, si on fait attention, car il passe dans des failles où poussent des broussailles, des arbustes : on peut s'y accrocher…

— Alors c'est d'accord ! s'écrie Violette. On va peut-être pouvoir enfin y arriver, sans se mouiller, à cette grotte !

Je regarde Violette. Elle a de nouveau confiance, son esprit d'aventure a repris le dessus !

Et, stimulés par ce projet, nous saisissons notre bateau et montons tous ensemble à la maison de Tessy-sur-Mer. Frank nous accompagne, ainsi il verra où l'on habite.

11. Le passage dans la falaise

Le lendemain matin, de gros nuages noirs courent dans le ciel, dégageant parfois de petites échappées bleues. J'observe l'horizon gris et l'orage qui se prépare. Ce n'est certainement pas aujourd'hui que nous emprunterons le sentier de la falaise. Il faudrait être fou pour se lancer dans cette aventure avec un temps comme celui-ci !

Comme j'ai pris le soin de noter hier le numéro de téléphone de Frank, je peux le joindre. Nous sommes d'accord pour remettre notre sortie au lendemain.

Durant toute la matinée, le temps reste incertain, j'en profite pour faire un petit tour dehors.

Mais dans le cours de l'après-midi, l'orage éclate avec violence. Des trombes d'eau se mettent à tomber. Pas question de sortir : il faut s'occuper à la maison !

Je me cale dans un bon fauteuil et reprends mon jeu vidéo sur les trains. Sur mon petit écran, je retrouve bientôt ma partie enregistrée et je me remets à conduire une locomotive bleue jusqu'à une minuscule gare perdue au milieu de la campagne. Là, je m'apprête à faire une opération délicate : il s'agit de dételer un wagon sur une voie de garage. Pour cela, il faut avancer jusqu'à un feu de signalisation, puis reculer après avoir changé la direction de l'aiguillage. C'est assez long... Ouf ! J'y arrive. Mon petit wagon stationne tranquillement près d'un grand hangar de bois. Je m'apprête à repartir avec ma loco... quand je sens un bras entourer mes épaules.

Je lève les yeux de mon petit écran et vois tante Aurélie qui me sourit.

— Alors, tu y es arrivé ?

— Oui, tatie, tu vois le petit wagon tout seul... il fallait le dételer et le laisser sur cette voie.

— Très bien ! Alors, tu peux t'arrêter un instant... Viens goûter les biscuits que j'ai préparés.

— Oh merci !

J'enregistre ma partie et rejoins Violette dans

la cuisine. Nous dégustons les délicieux biscuits accompagnés d'une tasse de thé.

Après le goûter, avec Violette, je m'occupe à un jeu de construction dans le but de réaliser une grue.

En fin d'après-midi, je me plonge dans un bon livre pendant que Violette joue du piano électronique. De temps en temps, je lève les yeux de mon livre et j'écoute Violette avec plus d'attention. Je rêvasse un moment puis reprends ma lecture.

Une heure plus tard, je vais me planter devant la fenêtre : l'orage a cessé. Le vent chasse les nuages et le ciel se découvre. Il fera sans doute beau et nous pourrons réaliser notre projet. Je décide de téléphoner à Frank. On se donne rendez-vous pour le lendemain, devant la maison abandonnée, vers neuf heures.

Le matin arrivé, un chaud soleil brille même si quelques nuages parsèment le ciel. Après le petit déjeuner, nous nous équipons de bonnes chaussures, comme Frank nous l'a recommandé, et prenons le chemin qui longe la falaise.

Bientôt, je distingue la maison en ruine qui émerge des brumes du matin. Frank n'est pas encore là, mais en tournant mon regard vers l'intérieur des terres, j'aperçois au loin une petite silhouette qui avance : c'est lui.

Dès qu'il arrive, il nous sourit, mais en nous emmenant sur le bord de la falaise, sur la droite de l'ancienne maison, il a un air grave.

— Il faudra faire très attention, car c'est dangereux... Regardez la mer tout en bas qui se jette sur les rochers... Il ne s'agit pas de faire un faux pas !

Puis Frank se penche et écarte quelques arbustes. Une sorte de petit chemin naturel descend en biais dans une faille de la falaise ; il est envahi de broussailles et de buissons auxquels nous pourrons nous accrocher.

À Violette, qui est inquiète et qui lui demande si ce n'est pas trop dangereux, Frank répond :

— Non, si tu suis bien le sentier... Mais n'aie pas peur, je le connais et je passe devant !

Et aussitôt, il s'engage dans la pente, marchant dans la faille, s'accrochant de temps à autre d'une main à l'un des arbustes qui y poussent. Je descends à mon tour en encourageant Violette à me suivre.

Je marche dans les pas de Frank. Violette fait de même. Frank se retourne de temps à autre pour voir si tout va bien. Rassuré, il continue prudemment sa descente. La faille se poursuit en pente sur la droite pendant un bon moment, puis l'espèce de chemin naturel bifurque sur la gauche, peut-être s'agit-il d'une autre faille dans la falaise. Ainsi, nous descendons sans trop de peine et arrivons peu à peu au niveau de la mer. Nous pourrons remonter tout à l'heure en prenant le même parcours.

La dernière partie de la descente est moins facile. Il s'agit de se glisser entre d'énormes roches et il n'y a plus d'arbustes auxquels nous pourrions nous accrocher.

Enfin, Frank s'arrête, juché sur un roc. Nous le rejoignons, la mer est juste à nos pieds, grondant et s'écrasant sur les récifs dans des gerbes d'écume. Je lève la tête et regarde le passage que nous avons emprunté. Je n'en reviens pas d'avoir pu descendre une telle pente.

Violette, contente et rassurée, me sourit. Nous restons là un moment, sans rien dire, à contempler le merveilleux spectacle toujours vivant de la mer, avec ses vagues couronnées de dentelle blanche et les mouettes qui volent au ras de l'eau.

Violette se retourne et regarde en haut de la falaise. Elle me serre la main et me dit :

— Regarde ! Vois-tu la façade de la maison là-haut ?

— Oui...

En effet, j'aperçois la maison qui a été construite en haut de la falaise et qui la surmonte, un peu comme un promontoire.

— La grotte est à peu près à la verticale sous la maison... reprend Violette.

— Elle devrait donc se trouver tout près, sans doute sur notre droite...

— C'est cela... Allez, on y va ! s'écrie Violette en se levant.

12. L'exploration de la caverne

La marée n'est pas encore haute et nous pouvons progresser sur les rocs couverts d'algues, même si ce n'est pas facile. Et presque tout de suite, nous repérons l'entrée de la caverne, comme si le sentier que nous avons suivi y conduisait.

La mer qui monte n'a pas encore atteint l'ouverture. En progressant le long d'une sorte de corniche qui fait saillie sur la paroi rocheuse, nous avançons assez facilement jusqu'à l'entrée de la grotte.

Le premier, je regarde à l'intérieur. Malgré l'obscurité, je remarque qu'il n'y a presque plus d'eau, sauf dans quelques cuvettes. Lorsque la mer se retire, l'eau doit sans doute s'écouler par des failles. Nous pourrons donc avancer à pied sec en suivant le bord et en évitant les poches d'eau qui se trouvent surtout au centre. C'est ce que j'explique à Frank et Violette.

J'allume ma lampe électrique et je pénètre dans la sombre caverne. Je commence à avancer sur le côté, prudemment, car la roche est glissante. Il ne s'agirait pas de tomber dans ces poches d'eau noire qui stagnent au fond de la grotte ! Je me retourne vers mes compagnons.

— Attention, ça glisse ! Doucement !

Nous progressons lentement, les uns derrière les autres. Plus nous avançons, plus l'obscurité se fait profonde, comme si ma petite lampe ne pouvait plus percer les ténèbres. Nous arrivons ainsi jusqu'au fond de la caverne lorsque j'entends Frank qui s'écrie :

— Arrêtez-vous ! J'ai vu quelque chose là-bas !

— Où ?

— En bas sur ma gauche... quelque chose de blanc...

J'éclaire dans la direction que m'indique Frank. Effectivement, il y a quelque chose de blanchâtre qui flotte sur l'eau un peu plus bas.

Avec précaution, je descends voir ce que c'est. Violette m'éclaire avec sa lampe, j'ai ainsi toute liberté de mouvement. J'arrive enfin au bord de l'eau noire, je m'arrête et me penche pour prendre ce qui me semble être un tout petit livre, très fin. Sans allumer ma lampe pour savoir ce que c'est, je remonte de suite près de mes amis.

Dès que j'arrive, Violette éclaire de près ma trouvaille.

— Un livret, écrit en petits caractères, avec quelques schémas, murmure-t-elle.

— Regarde le dessin sur la première page, ça représente un pistolet, s'exclame Frank.

Violette feuillette le livre et précise :

— C'est un mode d'emploi qui correspond à un pistolet. Même si le papier est abîmé par l'eau de mer, on peut bien lire : calibre 9 mm, chargeur 15 cartouches…

Le livret passe de main en main. Effectivement, cette notice, sans doute livrée avec le pistolet, en détaille les caractéristiques et la façon de s'en servir.

J'examine le document, qui doit bien faire une trentaine de pages, et j'essaye de comprendre.

— Que fait donc le mode d'emploi d'un pistolet au fond d'une grotte ?

Frank propose une explication :

— C'est peut-être les gens qui viennent ici en bateau qui ont dû le perdre...

— C'est possible...

Violette, qui vient de se retourner pour regarder l'entrée de la grotte, me met en garde.

— Axel, n'oublie pas que l'eau monte et va bientôt envahir la caverne... Il faut partir !

Inquiet, j'observe l'entrée de la grotte que l'on aperçoit tout au fond, comme une petite porte de lumière. Violette a raison, il ne faut pas rester trop longtemps ici, car l'eau monte. Quand elle arrivera au niveau de la caverne, s'engouffrant jusqu'à nous, il sera trop tard pour ressortir !

Pourtant, je veux profiter de l'occasion et aller un peu plus loin, dans l'espèce de conduit noir qu'il y a au fond de la grotte.

— Écoute Violette, nous avons encore un peu de temps... Je pourrais explorer le fond de la caverne.

— Axel, tu n'es pas prudent !

— Juste cinq minutes et on rentre ! C'est promis !

— Pas plus de cinq minutes alors...

Je m'élance vers le fond. J'ai presque atteint le bout de la caverne que j'éclaire en tous sens avec ma lampe quand se produit quelque chose d'effrayant !

13. Une énigme

C'est comme si, avec ma lumière, j'avais dérangé une multitude d'oiseaux qui se mettent à crier. C'est un vacarme assourdissant. J'ai l'impression que des milliers d'oiseaux vont se jeter sur moi !

Frank et Violette sont terrorisés. En me précipitant vers eux, je crie :

— Vite ! On part d'ici !

Et en courant aussi rapidement que nous le pouvons, nous rejoignons la sortie. Les cris nous poursuivent sans cesse. Pourtant, je n'oublie pas les poches d'eau noire dans lesquelles nous pourrions tomber.

— Attention ! N'allez pas trop vite... Il ne faut pas glisser dans l'eau, en dessous !

Enfin, nous arrivons à la sortie. Les cris d'oiseaux n'ont pas cessé, mais ils se font plus lointains. Nous rejoignons la petite corniche qui nous permet de sortir de la grotte.

Ouf ! Nous sommes à l'air libre.

La mer a monté et s'apprête à envahir bientôt la caverne. Malgré les protestations de Violette qui veut partir au plus vite, je reste un instant devant l'entrée de la grotte.

Je regarde à l'intérieur. Tout est obscur, on n'entend plus rien. Tout vacarme a cessé, un peu comme si les oiseaux que nous avions dérangés gardaient maintenant le silence, en ayant retrouvé leur tranquillité.

Les vagues heurtent la roche à mes pieds. De temps à autre, une vague plus haute que les autres entre dans la caverne. Bientôt, elle sera de nouveau inondée.

Avant de partir, j'allume ma lampe et projette un faisceau de lumière dans la grotte, mais sans arriver à en percer l'obscurité.

Je rejoins alors Frank et Violette. Dans peu de temps, la mer sera haute et aura recouvert la plupart des récifs. On ne peut rester plus longtemps ici. Nous rejoignons alors le sentier dans la falaise.

Si la descente a été relativement facile, la

montée me semble plus dure, car la côte est rude. Enfin, Frank, qui est devant, écarte des broussailles et j'aperçois le mur de la maison abandonnée.

Arrivés là, nous nous asseyons et discutons vivement. Pourquoi les oiseaux ne sont-ils pas sortis de la grotte si nous les avons dérangés ? Que font-ils à rester dans le noir ? Et les guêpes que nous avons entendues l'autre jour, que font-elles aussi dans ce trou ? Et la notice du pistolet, pourquoi se trouve-t-elle dans la caverne ?

Toutes ces questions n'ont pas de réponses satisfaisantes. Frank propose alors :

— Venez avec moi jusqu'à ma ferme, on va en parler à papa.

Cela nous semble une bonne idée. Nous suivons Frank et marchons quelque temps avant d'apercevoir un long bâtiment entouré de champs bordés de haies.

Frank pointe le doigt vers un tracteur arrêté dans une allée.

— Papa est là !

Et il nous entraîne dans cette direction.

Le père de Frank a l'air sympathique. Il arrête son travail pour nous écouter. Frank lui raconte tout : le bateau mystérieux, la caverne avec son vacarme inquiétant... Son père écoute attentivement puis, quand Frank s'arrête de parler, il nous regarde en souriant.

— Je crois que vous avez tous beaucoup d'imagination : il s'agit sans doute d'un petit bateau de plaisanciers qui explore une grotte dans la falaise... Ce ne serait pas la première fois. Et ce que vous avez entendu, ce sont des guêpes et des oiseaux qui se sont réfugiés. Vous les avez dérangés. D'ailleurs, les cris des oiseaux deviennent assourdissants parce qu'il y a de l'écho dans une caverne... Vous voyez, tout s'explique très simplement !

Et il ajoute, un peu moqueur :

— Je crois que vous voyez des mystères partout, même là où il n'y en a pas !

Visiblement, le père de Frank prend tout ça à la légère. Je sors alors de ma poche la notice que nous venons de trouver et lui présente. Il l'examine un instant, puis déclare :

— Un des occupants du bateau a dû la perdre, peut-être au moment où l'embarcation explorait la grotte. Le propriétaire du bateau possède sans doute une arme pour se défendre. Il aura perdu son mode d'emploi...

Et, en me rendant la notice, il ajoute :

— Je ne vois aucun mystère dans tout ça... C'est bien ce que je disais, vous voyez des énigmes là où il n'y en a pas !

Nous repartons un peu déçus. Violette se tourne vers Frank.

— Je crois que ton père ne nous prend pas au sérieux. S'il avait entendu ces cris épouvantables dans la grotte, je suis sûre qu'il réagirait différemment...

J'ai gardé la notice en main. En l'examinant de nouveau, je me questionne encore.

— Et puis, regardez ce document. Quelque chose ne vous semble pas étrange ?

— Non, pas vraiment, dit finalement Violette en me fixant d'un air étonné.

— Explique-toi ! déclare Frank.

— Écoutez, quand on possède un pistolet de ce modèle-là, je ne pense pas qu'on en sorte le mode d'emploi au milieu d'une caverne inondée. On l'a lu et étudié avant, tranquillement, de façon à le connaître le jour où on en a besoin…

— Oui, c'est étrange, murmure Violette... mais alors, comment l'expliquer ?

Je lui réponds :

— On ne le peut pas pour l'instant... mais je vous garantis qu'on va essayer de comprendre ce qui se passe dans cette grotte !

Le soir, lors du dîner avec tante Aurélie, nous reparlons de toute notre histoire. Elle nous écoute attentivement, mais déclare finalement :

— Je crois que le père de Frank a raison. Vous vous montez la tête en voyant des mystères là où il n'y en a pas...

La discussion se poursuit durant une partie de la soirée, mais sans rien apporter de plus. Le moment venu de se coucher, en accompagnant Violette jusqu'à sa chambre, je lui dis à voix basse :

— Puisque les adultes croient qu'il ne se passe rien d'étrange, c'est à nous d'éclaircir ce mystère !

14. Frank donne l'alerte

Le meilleur moyen d'élucider le mystère, c'est de revoir le bateau étrange et de comprendre ce qu'il vient faire dans la grotte. Maintenant que nous connaissons le sentier qui descend la falaise, cela devrait être possible...

Mais il faut faire le guet. Du haut de la falaise, à l'endroit où se situe la maison en ruine, le poste d'observation est idéal. De là, nous avons déjà vu le bateau à plusieurs reprises en fin de journée. En faisant le guet lorsque la marée est haute, condition nécessaire pour que le bateau puisse pénétrer dans la caverne inondée, nous avons des chances de le repérer.

En tenant compte des horaires de la marée, nous ferons donc le guet à tour de rôle, soit

Frank, soit Violette et moi. Nous communiquerons par téléphone portable si l'un de nous voit quelque chose.

Le jour même, la surveillance des allées et venues du bateau mystérieux se met en place. C'est Violette et moi qui commençons. En fin d'après-midi, à la marée haute, nous sommes tous les deux près de la maison en ruine. Tout est gris, une petite pluie fine et froide tombe. De notre poste, nous pouvons assez bien observer la mer, même si des brumes blanches flottent à la surface des eaux.

Au bout d'une bonne heure d'attente, nous sommes déçus, et Violette me dit :

— Le bateau ne viendra pas, il faut rentrer !

Quelques jours passent ainsi, des jours brumeux et tristes. Personne, ni moi, ni Violette, ni Frank n'avons vu quoi que ce soit. La mer est vide et je commence à me demander si nous ne sommes pas en train de poursuivre un rêve.

Cependant, une fin d'après-midi, alors que c'est au tour de Frank de faire le guet en haut de la falaise, mon téléphone sonne. C'est Frank qui annonce d'une voix rapide :

— Venez vite ! Il est là...

Je réponds :

— On arrive !

Le temps d'enfiler nos vestes imperméables et nous sommes dehors, Violette et moi. Nous marchons d'un pas rapide sur le chemin qui longe la falaise. De gros nuages noirs courent dans le ciel et des lambeaux de brume flottent à la surface du sol. La mer, tout en bas, est agitée.

Enfin, de loin, je reconnais la masse sombre de la maison abandonnée. Frank est là. Il nous a aperçus et nous fait signe. Il se précipite vers nous et, d'une voix un peu troublée, nous informe :

— Le bateau vient de disparaître... sans doute dans la caverne...

— Bon ! Je descends jusqu'à la grotte avec Violette...

— Et moi ?

— Il faut absolument que tu restes ici, en cas de danger... Si nous ne sommes pas revenus dans une heure, tu avertis ton père !

— C'est promis !

Et il ajoute, inquiet, nous voyant nous préparer à descendre le sentier dans la falaise :

— Faites attention !

Je lui fais signe que tout ira bien et je m'engage résolument dans la pente, suivi de Violette. Même si je connais le passage, je reste prudent, m'accrochant aux arbustes et aux aspérités de la roche, m'assurant de poser le pied au bon endroit. Si l'on fait attention, sans descendre trop vite, ce raidillon est sans danger.

De temps à autre, je m'arrête et aide Violette en lui tendant la main pour l'assurer. Comme moi, elle est contente de descendre, d'apercevoir peut-être le fameux bateau et de comprendre enfin ce qu'il fait dans la grotte.

Lorsque nous arrivons en bas de la falaise, de rares récifs émergent de l'eau, car la marée est haute. Le vent souffle et de grosses vagues grises s'écrasent avec fracas contre la paroi rocheuse, dans une explosion d'écume. Tout au bord de la mer, nous recevons, Violette et moi, des milliers de gouttelettes d'eau.

Après nous être reposés un instant, assis sur la roche, nous nous levons. Il va falloir maintenant rejoindre la grotte. Cela sera difficile à cause de la mer haute, mais en empruntant la corniche qui surplombe légèrement la mer, comme nous l'avons fait l'autre fois, nous devrions arriver jusqu'à l'entrée de la caverne.

Le passage est dangereux, les roches sont rendues glissantes à cause des embruns. Je progresse lentement, passant d'une roche à l'autre en m'agrippant le mieux possible. Violette m'aide dans les endroits difficiles, comme je l'aide, moi aussi, à mon tour.

Enfin, je vois la corniche, ce petit rebord de pierre qui va nous permettre d'accéder à la grotte. Encore quelques efforts et nous y sommes. Mais, peut-être parce que je suis trop pressé, je calcule mal mes mouvements et je glisse sur la roche mouillée. Je n'arrive pas à m'agripper et je dévale comme une flèche dans l'écume blanche qui cerne un gros récif !

Je me débats et je fais tout pour m'accrocher aux rochers qui m'entourent ! Mais comment nager dans cette eau tourbillonnante qui me ballotte en tous sens ?

Je lutte contre les vagues qui m'éloignent des rochers pour, l'instant d'après, me pousser contre eux. C'est un va-et-vient incessant. C'est alors que j'aperçois Violette qui est descendue au niveau de l'eau. Elle tend son bras vers moi en criant :

— Axel, prends ma main !

Cette fois, je sais où aller et je lutte pour atteindre cette main tendue. J'y suis presque lorsque les vagues me rejettent en arrière. Et cela recommence trois fois ! Enfin, dans un suprême effort, je m'accroche à la main de Violette. Elle me tient fermement et ne me lâchera pas, car elle a pris le soin de s'assurer en se calant dans un creux de la pierre. Avec son aide, je m'agrippe sur le bord du rocher et j'émerge, ruisselant d'eau. Elle m'entoure de ses bras, rassurée.

— Enfin ! te voilà... Tu vois qu'avec moi, tu n'as rien à craindre !

Et nous restons un long moment ainsi, dans les bras l'un de l'autre, savourant notre victoire, heureux simplement de nous être retrouvés. Mais peu après, j'ai froid, et ce n'est pas le soleil qui pourra me réchauffer, car le temps est toujours aussi gris.

Violette écarte de sa main mes cheveux mouillés et propose :

— Axel, veux-tu rentrer ? J'ai peur que tu prennes froid !

— Non !... Si près du but, je reste.

Alors, avec d'infinies précautions pour ne pas glisser de nouveau, nous remontons afin de rejoindre la corniche.

15. Que cache la caverne ?

En marchant prudemment sur la corniche, maintenant presque au niveau de la mer qui est haute, nous rejoignons l'entrée de la grotte. Je m'avance pour voir l'intérieur de la caverne et, pour ne pas me faire repérer, je rase la paroi rocheuse. Je jette un œil par l'ouverture. Tout est noir et je ne distingue rien, mais au bout de quelques instants, lorsque mes yeux se sont habitués à l'obscurité, je devine une forme sombre au fond. Je me tourne vers Violette, juste derrière moi, et murmure :

— Le bateau, là-bas, tout au fond, tu le vois ?

— Oui ! C'est l'endroit où nous avons entendu

les oiseaux...

— Et aujourd'hui, tout est silencieux... Pas de lumière non plus sur le bateau...

L'endroit est sinistre. Ce bateau noir et immobile qui flotte au milieu de la caverne, que vient-il faire ici ? Pourquoi n'y a-t-il pas de lumière ?

Violette me serre le bras.

— Il n'y a personne ! Où sont donc passés les occupants du bateau ?

— Ça, je n'en sais rien !... J'ai envie de m'avancer un peu pour mieux voir...

Et longeant la corniche, je pénètre dans la grotte, suivi de Violette. On ne peut aller bien loin, car la mer est haute. Le rebord de pierre plonge dans l'eau peu après l'entrée.

À quelques mètres environ de l'ouverture de la caverne, je n'y vois plus grand-chose et je me hasarde à allumer brièvement ma lampe de poche, pour mieux distinguer l'endroit où je mets les pieds.

À cet instant, une forte lumière jaillit tout au fond de la grotte, derrière le bateau !

J'ai le temps de distinguer comme une porte qui vient de s'ouvrir : c'est de là que provient la lumière.

La vive clarté illumine la caverne. On va nous voir !

— Vite ! Il faut partir ! chuchote Violette.

Trop tard ! Nous sommes découverts : j'entends une voix crier quelque chose, sans doute pour donner l'alerte.

Je me précipite avec Violette vers la sortie, mais sans pouvoir avancer rapidement, car il ne s'agit pas de tomber à l'eau en glissant de l'étroite corniche de pierre. Oh ! qu'il me semble long le temps nécessaire pour rejoindre le trou de lumière que l'on aperçoit là-bas !

Enfin, nous y sommes ! J'entraîne Violette que je tiens par la main et nous sortons au grand jour.

Tout à coup, un terrible vrombissement de moteur emplit la caverne : le moteur de l'embarcation qui vient de se mettre en marche. Et presque aussitôt, avec une vitesse effrayante, le bateau sort comme une flèche sous nos yeux pour fuir vers le large.

Avec Violette, toujours immobiles à l'entrée de la caverne, nous le regardons s'éloigner à toute allure, laissant derrière lui un long sillage blanc.

Soudain, j'ai l'impression que le monde s'écroule ! Tout vole en éclats autour de moi. Je suis projeté en arrière et me retrouve à la mer !

Une terrible explosion vient de se produire.

Ma tête émerge au milieu des vagues et je

m'efforce de me maintenir à la surface de l'eau. Il me semble que toute la caverne vient de s'effondrer. Tout n'est que roches qui déboulent et poussières.

Je me débats dans l'eau, mais au même instant, tout en haut de la falaise, j'aperçois la maison abandonnée qui vacille et tremble, comme si elle allait s'écrouler ! Le mur de la façade me domine, il est juste au-dessus de moi, tout en hauteur. Il continue à trembler, puis, brusquement, il se fend de haut en bas !

D'un seul coup, dans un bruit effrayant, le mur de la maison s'effondre dans la mer !

D'énormes blocs de pierre tombent, dans une chute vertigineuse, sur moi. Je nage de toutes mes forces vers le large. Les pierres continuent de s'écraser dans l'eau avec un bruit terrible, tout autour, dans un grand jaillissement d'écume.

Et moi, dans ce monde qui tremble et s'écroule, je me maintiens comme je peux dans la mer agitée environnée d'une fumée blanchâtre.

Soudain, en un instant, c'est le silence.

L'éboulement a cessé. On n'entend plus que le bruit des vagues se brisant sur la falaise.

Alors, je nage vers la côte toute proche et je m'agrippe comme je peux au rocher qui est devant moi. Après de nombreux efforts, m'accrochant aux algues qui le couvrent, je me retrouve hors de l'eau.

Un spectacle de ruine s'offre à moi : à travers la fumée blanche qui se disperse, je m'aperçois que l'entrée de la caverne a disparu. Tout s'est écroulé !

Comment ? Pourquoi ? Je ne sais pas, mais il ne reste plus qu'un amoncellement de roches brisées. Je lève les yeux : je ne distingue plus le mur de la maison qui, lui aussi, a disparu dans cette formidable explosion...

À peine remis de mes émotions, je pense à Violette. Je ne la vois plus.

Qu'est-elle devenue ? A-t-elle été projetée, elle aussi, dans l'eau ?

Je regarde partout autour de moi, sur les roches et dans la mer. Je ne vois personne. Alors, je crie avec force, plusieurs fois, dans toutes les directions :

— Violette !... Violette !

Aucune réponse. Il me faut aller là où je l'ai vue la dernière fois, à l'entrée de la caverne. Je m'avance vers ce qui a remplacé l'ouverture de la grotte : un énorme amas de roches, petites ou grosses.

— Oh, non !

Violette est étendue au sol, inconsciente, presque complètement recouverte par des gravats.

16. Violette !

Fou de douleur, je me précipite pour dégager tous les débris de roches qui l'emprisonnent. En même temps, je l'appelle, mais elle ne réagit pas.

Je dégage son bras gauche qui est ensanglanté. Oh ! si elle était...

Mais je ne veux pas penser au pire. Je ne veux qu'une chose, c'est enlever les roches afin de la libérer complètement.

Ah ! si les secours pouvaient arriver ! Frank a dû les prévenir dès qu'il a vu l'explosion. Tout le monde doit être au courant maintenant. On va venir sans tarder. Cette pensée me réconforte un peu et je me tourne un instant vers la mer pour voir si un bateau est déjà là. Mais non ! Comment aurait-il pu arriver en si peu de temps ?

Je continue à dégager Violette, en proie à une terrible angoisse. À force de déblayer les gravats, mes mains me font mal et sont ensanglantées. Peu importe ! Je travaille avec acharnement. Mes larmes coulent presque sans cesse et tombent sur le sol, me gênant pour voir ce que je fais.

Je m'active ainsi durant de longues minutes qui me semblent des heures…

Mais que font donc les secours ? Ils devraient être là ! Je tourne de temps à autre les yeux vers la mer. Elle est toujours vide.

Alors, je continue à enlever les débris avec rage, ne sentant plus mes mains, le regard voilé par mes larmes.

Puis, épuisé et incapable de poursuivre, je m'arrête un instant et observe Violette : elle est toujours inconsciente. Alors, je descends vers la mer et sors un mouchoir en papier de ma poche pour le tremper dans l'eau. Je remonte vers Violette et lui nettoie le visage. L'eau fraîche la ranimera peut-être...

Mais non, elle reste toujours immobile. Alors, je reprends avec angoisse mon travail de déblaiement. Il faut absolument la dégager complètement.

Combien de temps passe-t-il ainsi ? Je ne sais

pas... Je suis exténué, mais je n'arrête pas un instant. J'ai d'ailleurs presque entièrement libéré Violette des roches qui l'emprisonnent... De temps en temps, je regarde son visage très pâle. Elle semble dormir... En la voyant ainsi, mes larmes coulent de plus belle, je suis désespéré...

Soudain, une main ferme me touche l'épaule. Une voix se fait entendre :

— Laisse-moi faire, mon garçon !

Je me retourne : les sauveteurs ! Je ne les ai même pas entendus arriver. Ils sont deux. Leur canot pneumatique est amarré à une roche. À quelque distance, j'observe un bateau d'où provient certainement le canot.

Les deux hommes achèvent rapidement de dégager Violette. Ils la portent dans le canot et m'emmènent. L'un d'eux démarre un moteur électrique. Trois minutes plus tard, nous sommes sur un petit navire d'assistance. Dès notre arrivée, quelqu'un, sans doute un médecin, se penche sur Violette et l'examine. Elle ne bouge toujours pas et je reste à côté d'elle, angoissé, regardant le médecin s'activer. Pendant ce temps, le navire quitte les abords de la falaise rouge pour nous conduire à terre.

Seulement préoccupé par Violette, je n'ai pas vu que Frank et son père étaient sur le navire. Ils me rejoignent. Frank m'explique qu'il a immédiatement prévenu son père dès qu'il a vu l'explosion.

Le père de Frank s'approche de moi. Il est embarrassé.

— Excuse-moi, mon garçon... Ah ! si j'avais su l'autre jour ! Je n'aurais pas pris toute cette affaire à la légère... J'aurais dû vous écouter...

— C'est vrai... mais merci d'avoir appelé les secours.

— J'ai aussi prévenu la police afin qu'elle recherche le bateau qui se cachait dans la grotte. À l'heure qu'il est, une vedette de la police nationale est à ses trousses...

Le médecin qui s'occupe de Violette vient de terminer les premiers soins. Il me fait signe et tient à m'examiner aussi. Il nettoie les blessures que j'ai aux mains et me souris en disant :

— Tu t'en sors bien !... Et on va tout faire pour que la jeune fille guérisse !

Je le remercie par un sourire. Il ajoute :

— Tu peux t'approcher d'elle maintenant, mais il faut la laisser se reposer.

Violette est toujours aussi pâle, comme endormie. Je lui prends la main et la regarde longtemps. Puis, un court instant, j'observe la mer par la fenêtre de la cabine. Nous filons à vive allure en direction du port. La falaise rouge est déjà loin derrière nous et je repense à tout ce qui vient de se passer...

Pourquoi cette explosion ? A-t-elle un rapport avec le départ du bateau hors de la grotte ? Sans doute... Mais alors revient toujours la même question : que venait faire ce bateau dans la caverne ?

Je regarde de nouveau Violette et je me sens brusquement très fatigué. Je me laisse tomber sur une banquette à côté du brancard où elle est allongée et m'endors profondément.

17. Le secret de la falaise

Deux jours sont passés et Violette est revenue de l'hôpital où elle a été soignée. Elle est enfin sortie de son inconscience et ne souffre que de blessures légères. Elle a surtout besoin de repos maintenant.

Ce matin, je l'installe sur une chaise longue devant la maison. Elle me remercie, heureuse de respirer le bon air frais.

Quelqu'un vient de sonner au portail : c'est Frank. Il est très excité et arrive en courant jusqu'à nous. Il s'écrie :

— Ça y est ! Le bateau de la falaise rouge a été retrouvé !

Il reprend son souffle et explique :

— Mon père est bien sûr resté en relation avec

la police depuis qu'il a donné l'alerte. Et ce matin, la police lui a téléphoné : le bateau mystérieux vient d'être pris et ses occupants arrêtés !

J'appelle tante Aurélie qui nous rejoint et dis à Frank :

— Comment ça s'est passé ? Raconte vite !

— Voilà, la vedette de la police nationale patrouillait depuis deux jours le long des côtes. Elle a retrouvé le bateau qui se cachait dans une petite crique...

— Et les passagers du bateau ont avoué ?

Frank, qui vient de s'asseoir, nous dit :

— Laissez-moi tout raconter dans l'ordre, vous allez comprendre... D'abord, vous vous rappelez le mode d'emploi du pistolet qu'on a trouvé dans la grotte ?

— Oui !

— Cela aurait pu nous mettre sur la piste, mais on n'y a pas pensé…

Violette intervient :

— Il y avait peut-être d'autres armes…

— Exactement, reprend Frank. Les malfaiteurs entreposaient tout un arsenal dans un coin de la grotte : des armes légères et lourdes, des munitions aussi en grande quantité et beaucoup d'explosifs ! Bien à l'abri, caché de tous, il y avait un stock d'armes énorme dans le fond de la caverne aménagée... La police pense qu'il s'agit de terroristes qui préparaient des attentats…

J'interviens :

— Alors, les bourdonnements de guêpes, les cris assourdissants d'oiseaux, c'était eux aussi ?

— Bien sûr, c'était pour se protéger. Il y avait un système qui déclenchait automatiquement tous ces bruits étranges dès que quelqu'un s'avançait vers le fond de la caverne. Les bandits étaient certains d'être tranquilles ainsi, en effrayant tous ceux qui s'approchaient...

— Et l'explosion, c'était dans quel but ? demande tante Aurélie.

— Les malfaiteurs avaient prévu des explosifs pour faire disparaître toutes traces de leur activité si on les surprenait. Ils nous avaient déjà repérés à plusieurs reprises... Et, la dernière fois, quand ils ont compris qu'Axel et Violette étaient dans la grotte et avaient tout vu, ils ont pris la décision de s'enfuir, après avoir tout fait exploser...

Frank a fini de parler. Nous ne l'interrogeons plus, gardant le silence et repensant à ce qu'il vient de nous apprendre. Tout s'explique enfin : le mystère qui nous a tenus en alerte durant tant de jours n'en est plus un.

Je me tourne vers Violette, toujours allongée

sur sa chaise. Elle est pâle, fatiguée, mais paisible... heureuse aussi de savoir que tout est fini, heureuse d'être entourée de ses amis, sur la terrasse de cette petite maison face à la mer.

Mais quelque chose me tourmente et je me tourne vers tante Aurélie.

— Tatie, pourquoi ces gens-là cherchaient-ils à préparer des attentats, à tuer des innocents ? Qu'est-ce qu'ils gagnent à faire ça ?

Tante Aurélie réfléchit un instant, puis l'air grave, elle m'explique :

— Ces malfaiteurs veulent imposer à tout le monde leurs idées par la force et la violence…

Et elle reprend en me souriant :

— Mais tu vois où ça les mène : un jour ou l'autre, on les arrête et ils terminent en prison…

— Mais ça n'a pas de sens, tuer d'autres personnes pour imposer ses idées ! s'indigne Violette.

— C'est monstrueux ! Tu as raison, approuve tante Aurélie, mais certains suivent le mauvais chemin, le chemin de la haine et de la violence, c'est un choix qu'ils ont fait…

Et se tournant vers moi :

— Mais toi, Axel, tu feras le bon choix…

— Oui, je sais, tatie, tu me l'as souvent dit : j'ai le choix de faire le bien autour de moi…

Tante Aurélie nous regarde tous un instant, puis elle pose de nouveau les yeux sur moi et reprend de sa voix chaleureuse :

— Oui, mais pas n'importe comment ! Il te faut d'abord trouver le talent, le don qui est en toi, que toi seul possèdes, et c'est parfois très long !...

Elle me regarde un instant, silencieuse, puis ajoute :

— Ensuite, une fois que tu as trouvé ton talent particulier, il faut apprendre et travailler dur pour le mettre en valeur... Enfin, tu pourras mettre ton talent au service des autres... C'est ça le bon choix, c'est ça qui te rendra heureux !

Pendant un instant, nous nous taisons et nous regardons tous, un peu admiratifs, tante Aurélie. Comme je la trouve belle en ce moment et comme je l'aime, quand elle m'explique ce qui peut m'aider à avancer dans la vie...

Après plusieurs jours de repos, Violette s'est complètement remise. Elle commence à marcher un peu avec moi. Un matin de beau temps, je lui propose un petit tour de bateau. Elle accepte avec joie, contente de sortir.

Nous descendons jusqu'à la plage, emportant le bateau gonflable avec ses rames. Quelques minutes plus tard, équipés de nos gilets de sauvetage, nous voguons sur l'eau, libres et heureux. Une brise fraîche souffle, quelques nuages flottent dans le ciel bleu, comme de gros morceaux de coton. Je rame seul, n'ayant pas voulu que Violette, qui sort juste de convalescence, se fatigue.

Une fois éloignés de la plage, j'arrête de ramer et nous nous laissons dériver au gré des vagues. Nous parlons de choses et d'autres, contents d'être ensemble, puis Violette pose un regard grave sur moi et me dit :

— Axel, la mer est calme... Je voudrais voir ce qui reste de la falaise après l'explosion.

Je souris et lui réponds :

— J'en étais sûr... Moi aussi, Violette, je veux aller voir !

Et je reprends les rames, me rapprochant de la falaise rouge. Lorsque nous arrivons, il n'y a plus de traces de la grotte : elle a disparu ! Là où se trouvait l'entrée, on ne voit plus qu'un gros éboulement de roches.

Tout en haut de la falaise, un pan de mur sombre se découpe sur le ciel : c'est tout ce qui reste de la maison effondrée.

En découvrant ces bouleversements, Violette me prend la main et la serre. Elle murmure :

— Tout s'est écroulé... Les lieux de notre

étrange aventure ont disparu !

— Oui, tout s'est effondré... mais tu es là, Violette, et c'est le plus important.

Puis, après un silence, je reprends, ému :

— Quand on t'a retirée, inconsciente, de l'éboulement... je me suis rendu compte combien je tenais à toi.

Sans me répondre, Violette me fait un magnifique sourire et me serre un peu plus fort la main. Alors, tous les deux, heureux au milieu des eaux, nous savourons l'air frais, le clapotis des vagues et l'immensité de la mer qui nous entoure.

Table

Découvrez tous les livres pour la jeunesse de Marc Thil, en version numérique ou imprimée, en consultant la page de l'auteur sur Internet.

....

Le Mystère de la fillette de l'ombre

(Une aventure d'Axel et Violette)

• Axel a bien de la chance, car Tom le laisse conduire sa petite locomotive sur la ligne droite du chemin de fer touristique. Il est vrai que la voie ferrée, en pleine campagne, est peu fréquentée. Ce matin-là, tout est désert et la brume monte des étangs. Mais quand Axel aperçoit une fillette sur les rails, il n'a que le temps de freiner !

Que fait-elle donc toute seule, sur la voie ferrée, dans la brume de novembre ? Pourquoi s'enfuit-elle quand on l'approche ? Pour le savoir, Axel et son amie Violette vont tout faire afin de la retrouver et de percer son secret.

• Une aventure avec des émotions et du suspense qui pourra être lue à tout âge, dès 8 ans.

....

Le Mystère du train de la nuit

(Une aventure d'Axel et Violette)

• Un soir de vacances, alors que la nuit tombe, Axel et son amie Violette découvrent un train étrange qui semble abandonné. Une locomotive, suivie d'un seul wagon, stationne sur une voie secondaire qui se poursuit en plein bois. Pourtant, deux hommes sortent soudainement du wagon qu'ils referment avec soin.

Que cachent-ils ? Pourquoi ne veulent-ils pas qu'on les approche ? Et pour quelle raison font-ils le trajet chaque nuit jusqu'à la gare suivante ? Aidés par la petite Julia qu'ils rencontrent, Axel et Violette vont enquêter afin de percer le secret du train mystérieux.

• Une aventure avec des émotions et du suspense qui pourra être lue à tout âge, dès 8 ans.

Vacances dans la tourmente

• À la suite de la découverte d'un plan mystérieux, Marion, Julien et Pierre partent en randonnée dans une région déserte et sauvage. Que cache donc cette ruine qu'ils découvrent, envahie par la végétation ? Que signifient ces lueurs étranges la nuit ? Qui vient rôder autour de leur campement ? Les enfants sont en alerte et vont mener l'enquête...

• Une aventure avec des émotions et du suspense pour faire découvrir aux jeunes lecteurs (8-12 ans) le plaisir de lire.

Histoire du chien Gribouille

• Arthur, Fred et Lisa trouvent un chien abandonné devant leur maison. À qui appartient ce beau chien ? Impossible de le savoir. À partir d'un seul indice, le collier avec un nom : Gribouille, les enfants vont enquêter. Mais qui est le mystérieux propriétaire du chien ? Pourquoi ne veut-il pas révéler son identité ? Et la petite Julie qu'ils rencontrent, pourquoi a-t-elle tant besoin de leur aide ?

• Une histoire émouvante qui plaira aux jeunes lecteurs de 8 à 12 ans.

40 Fables d'Ésope en BD

• *Le corbeau et le renard* ou *La poule aux œufs d'or* sont des fables d'Ésope, écrites en grec il y a environ 2500 ans. Véritables petits trésors d'humour et de sagesse, les écoliers grecs les étudiaient déjà dans l'Antiquité.

Aujourd'hui, même si en France, on connaît mieux les adaptations en vers faites par Jean de La Fontaine, les fables d'Ésope sont toujours appréciées dans le monde entier. Les 40 fables de ce livre, adaptées librement en bandes dessinées, interprètent avec humour le texte d'Ésope tout en lui restant fidèles : les moralités sont retranscrites en fin de chaque fable.

• Un petit livre à posséder ou à offrir, pour les lecteurs de tous les âges, dès 8 ans.

Histoires à lire le soir

• 12 histoires variées, pleines d'émotions et d'humour, pour faire découvrir aux jeunes lecteurs (8-12 ans) le plaisir de lire.